文芸社セレクション

生計《たつき》の途《みち》

岩下 玲子

IWASHITA Reiko

文芸社

母　渡邊英子
（俳号　卯花）

それは私が中学生の頃のこと、学校から帰ると、今しがたまで人の居た気配漂うなか、幾分上気した様子の母が「お帰り、玲ちゃん。『たつき』って解る?」と聞いた。初めて聞く言葉だったけれど何となく解るので頷いた。

「今、その話をしていたのよ」

（母　四十六歳）

目次

プロローグ

大分県西国東郡《にしくにさきぐん》田原《たはら》村小野（現杵築《きつき》市太田小野）に、「財前家墓地」がある。墓石群の中正面に一際大きい、この国東地方一帯に見られる独特の「国東塔」、これが国重要文化財に指定されている、財前家宝塔である。

これは、一三二一年に建立された財前美濃守の逆修塔（生前供養を目的にしたもの）であるという。美濃守は、この小野地区一帯を支配した有力者である。

この墓地のことは、なんとなく知ってはいたが、どの辺に在るのかは知らず、偶々、近くを通りかかったのを機に寄ってみた。

暫《しばら》く、大小いろいろの形の苔むした墓石群を見たが、連れの夫に「財前家とは残念ながら私には縁が無いわ」と言ったものだ。

私の生家は、この田原村の隣村である田染《たしぶ》村である。

「田染」にも、財前姓の家は多く、それも大字相原《あいはら》に多く見られるようだ。相原には、小字が本谷《ほんたに》、西原《にしはら》、見世《みせ》、両田《ふたた》と四地区があり、孰《いず》れの地区にも分布している。

いつとはなく、私の母が大分市で学校法人「府内学園」（予備校）の創立者、財前幸六《こうろく》氏と双いとこであることを知ってはいた（昭和三十年代のころである）。

そのことが、「財前姓」と関わりがあるということには、ついぞ思い及ばなかった。

ところが、ある時戸籍謄本を見る機会が訪れて、改めて「財前姓」との縁が分かったのである。

実は、母の祖母は、「イツ」と言い、嘉永五年（一八五二年）九月二十四日、明治維新の十六年前に誕生している。

このイツこそ、両田《ふたた》の財前家から渡部家に貰わ

「田染の里」この西叡山は、日本の三叡山（比叡山、東叡山、西叡山）の一つである

れた（嫁した）人であり、このイツの兄幾平が、学校法人「府内学園」を興した財前幸六氏の祖父なのだ。

私の母英子《ひでこ》は、祖母イツ、及びイツの兄幾平氏を直《じか》に見聞きした人である。

少なくとも祖母からの話は十五歳までに聞いたものと思われる。祖母イツの兄幾平のことは、書かずにはおれないほど印象に残った人であったのであろう。「祖母の話」の中で一番に書き記されている。

幾平おじいさんのこと

　この方は、長男でしたが、何故か妹に家を継がせて見世《みせ》の家を買って見世に住みました。妻おとみおばさんは、学用品を売っていました。書き方紙を一銭に三枚なのに私には黙って四枚くれました。

　おじいさんは、私が覚えたころは、もう白髪の深い老人でしたけれど、毎朝弁当と何ほどかの道具を持って向野《むかいの》の道を通って、しのび迫という陰平《かげへら》に越す谷合いの田を築《つ》いたり、池を掘ったりして荒地を米の出来る水田にしたり、水の少ないところは麦や大豆の出来る畠にしたりしました。そして、帰りには道すがら落ち葉が朽《く》ちて出来ている腐葉土《ふようど》を「かまぎ」に入れて持てるほど背負うて帰り、家の横に少しずつ寄せて見事な白菜など作っていました。

　家の前に神様を祀《まつ》って、毎朝拍手礼拝《はくしゅれいはい》して居りました。熱心な黒住教《くろずみきょう》の信者でした。

十月のお祭りの時にはお神輿《みこし》のすぐ後ろに白装束《しろしょうぞく》を着て行列《ぎょうれつ》の先頭を歩いてお伴をなさいました。頭にも何か冠《かぶ》っていたかも分かりません。長身で整った顔だちそれに白髪の長いおじいさんは、子供心にも尊く映りました。

私が女師範を卒業しました時、当時五十一歳だった父は、貧しい中にもご馳《ち》走《そう》を整えて極《ご》く内輪《うちわ》の祝いの酒の座を催《もよお》しました。誰々が見えていたか、はっきりは覚えていませんが座敷に座った人の数から八人か九人くらいであったように思います。正座《せいざ》に幾平おじいさんが座っていらしてお酒を注《そそ》ぎに行きますと「英子よ、女子師範は先生になる人を育てる学校であるから神様のことは教えてくれたろうのう」と尋《たず》ねました。尋ねられた私は返答に困りました。おじいさんのおっしゃるのは、日本の昔からの神道の神様の道なので、学校ではそのようなのは教えてはいないのです。

「いいえ」と言えばおじいさんに悪いし、返事に困っていたとき、助け舟を出してくれたのが幸六さんでした。たしかお縁側の半ば位に座っていたと思います。

「じいさんなア、今は信教の自由ちゅうことで特に神様のことを学校では教えてはいないので」するとおじいさんは「そうかのう」と言ってから「いや、学校を立派に卒業が出来て芽出度い芽出度い」と言い乍《なが》ら美味《おい》しそうにお猪口《ちょこ》を口に近づけてお酒をお召上がりになりました。

　このおじいさんはたしか九十一歳だったと思います。亡くなりましたが、まだお達者だった頃、滅多《めった》に行くこともなかったし、お話を聞くこともなかったのに、あの家でおじいさんの話すのを聞いた覚えがあるのです。

　それはある日のこと、その日は午後から雨が降りだしたのですが、おじいさんの言うことに「今朝起きて顔を洗い東の空を見ると真っ赤に朝焼けがしていた。それで、朝焼けは日の中《うち》の雨と思った」と言うのです。

　そして、また違う日のことです。この一家は高嶋易の暦をよく読んでいましたが、「天帝の腹に生まれると偉いもんになれるんじゃけど俺は天帝の足の腹にこそ生まれている」と言っていました。

　あの時代に生きた農業者としては、大変な進歩的な人だったと思います。自分で研究して分からないことがあると大分の町の指導者（農業関係の指導機関）に会いに行って納得いくまで尋ねたというように聞いております。

この人が亡くなられたとき、私はびっくりしたことがあります。

それはツルヨさん（この方は、幸六さんの姉さんで岩田高女を卒業して学校の先生をしたこともあり、私は尊敬して居りました）が「九十一までも、あんまり長生きをするもんじゃき、ろくなことはありゃせん」と言葉は少し違うかも知れませんが、そのような意味のことをおっしゃったことです。

私は内心理解できませんでした。

神様のようなおじいさん、毎日黙々と自分の信ずる道をいそしみ励み、たまには魚釣りなどして自ら慰み、何一つ人の悪口など言うではなし、働くことによって、世のため、人のために直接的ではないにしても間接的には模範とするような長寿の、しかも自分の本当の祖父に対してこのようなつぶやきがでるということは。そして今は別府で何々教科の先生をしていると伝え聞く人なのに……。

そして思い当たったのは、この人のお父さん、末次郎さんがお祖父さんが達者であった為に、家督相続《かとくそうぞく》も受けないまま、若くして亡くなったことに対してのご不満があったのかなアと思ったことでした。

幾平氏の孫にあたられる財前幸六氏は、「田染小学校百年誌」に寄稿した文の中で、「旧校地と共に二回にわたり郷土教育の聖地へとご縁を持ちました光栄を嬉しく感謝しました。祖父幾平の頃から何かと神社仏閣学校へとご縁を持ちえたことを今更に感謝申しています。」（後略）と幾平氏について書いておられる。

（註）財前幸六氏は、広島高等師範学校を出られてから国東中学校の校長を勤められていたが、修学旅行先で生徒が集団万引き事件を起こし、辞職したという。その後、民間の教育機器を販売する会社で働いていたこともあったが、学校法人、府内学園を設立し、後に附属敷戸幼稚園を設立している。

幾平氏は、妹イツの子供たち四人の名付け親にもなり、後にイツ一家が長男に本家を譲り、見世に来ると、新築の家二棟の世話をしたという。

更には、イツ及び夫九平が購入した西原地区の田んぼの池まで掘ったという。

祖母　イツのこと

祖母イツは、十七歳のとき大家族の中の嫁となりました（明治元年）。

朝早く起きて朝飯、味噌汁、香の物とお膳を整え、家族のお給仕《きゅうじ》、上の家には伯母さんも住んで居てお膳を運んだそうで、その間に自分も食事を後《おく》れないように済まし、手早く茶碗を洗い片付け、野良に出て田や畑や冬には山仕事、雨の日には針仕事、昼の食事も夜の食事も嫁の仕事、そして夜の洗い片付けが済んで、皆は炉に入って話を楽しんでいても嫁は麦一臼《ひとうす》を搗《つ》いて仕上げなければ寝るわけにはいかない。小姑《こじゅうと》はいるし、両親（舅《しゅうと》　姑《しゅうとめ》）は健在だし、何一つ思うことは言えないし、素直に「はいはい」と言うしかない。あまりの苦しさに堪え兼ねて、里には内緒にしていっそ逃げましょうと思って、家の者が寝静まって、麦を仕上げ（搗《つ》いた麦を篩《ふるい》にかけて糠《ぬか》を離し、すぐごはんに炊《た》かれる状態にする）てから、草履《ぞうり》を懐《ふところ》に入れて頬被《ほおかぶ》りをして音のせぬようにくぐり戸をあけてそっと閉め、すたすたと道を高田の方に向けて歩いたそうです。上野からですから大分《だいぶ》歩いたことでしょう。

池部の堀田堰《ほったぜき》の畔を歩いていた時、横峯の山の方にぴかっと小積《こづみ》（地域によっては十尺《としゃく》ともいう）程もある火の玉が見えたとのこと。その時の恐かったこと、震え上がって度肝《どぎも》を抜かれ、そのまま引き返して、また、そっとくり戸を開けて帰り、何事もなかったようにやすんだと言います。

後年、祖母はこう言ってました。

「あれはきっとぜぜのさま（膳所神社の神様）がわしを援《たす》けてくれたのに違いない」と。

やがて、傅治郎、チャウ、壽太郎、萬策、政次郎、安吉をもうける。

名前は幾平兄さんがつけたのが多い。上四人はたしか。

よく働き、よく辛抱したことでしょう。

やがて、安吉（末っ子）が三歳になった時、長男傅治郎に嫁を迎えたのを機に、先祖から貰った家屋敷と山、田畑を譲ってからチャウ、壽太郎、萬策、安吉を引き連れて、夫、九平と見世に移ります。

どうしてもこのままでは、経済的に立ち行けないと思って家事の一切を娘に委《ゆだ》ね、高田にうどんの勉強に行くことにしたのです（イッ四十一歳、長女のチャウは十六歳、壽太郎十三歳、萬策九歳、安吉三歳であった）。

大胆な決意です。おそらく上野の舅姑伯母は、亡くなっていて、何とかして家を支え子供たちを一人前に育てなければならないと決意してのことだったと思います。勿論、娘とは充分話し合っていたでしょう。

着替えを少し風呂敷に包んで、手拭《てぬぐ》いを被《かぶ》り、高田の「麩屋《ふや》」というところを尋ねて、

「私は、夫に先立たれて、生活に困っているものですからどうか下働きに使って下さい」

と頼み込んで、よく働き信頼されて、とうとううどんを打つ技《わざ》を身に覚えて帰ったと言います（その間がどの位の年月であったか、多分そんなに長い間ではなくて半年後だったのかそこのところはわかりませんが）。

それから後は、大変な努力だったようです。

小作（地主に徳米を納めて作らせて貰う）の田の裏作に小麦を作って朝早く

から夜遅くまで働いたようです。

伯母チャウの話に、田圃《たんぼ》から仕事を辞めて帰ってみるとお縁《えん》には近所の若い人たちが腰掛けて涼んでいるので、音をたてないようにご飯を作って食べ、湯を浴びて浴衣《ゆかた》に着替えうちわを持って何知らぬ顔でみんなの中に加わって涼むことが度々あったとのこと。

また、伯母は、車屋の同じ年頃の人は良い着物があるけれども自分はないから親しく交際することはなかったとも……。

小麦が収穫されると、夜なべに家族が「やれき」にとりついて小麦を粉に挽《ひ》き、それを篩《ふるい》にかけて金粉《きんご》（細かい粉）にして祖母はそれをこねて踏んで（踏みむしろといって七島藺《しっとうい》で厚く織った幅の少し狭いものをこしらえてありました）、また、こね鉢で布を被《かぶ》せて温めたりまた踏んで粘《ねば》りを出し、うどん板の上に載せうどん棒で伸ばしてうすめ、こんどは棒に巻き付けてとんとんと打ち伸ばし何回も拡げては打ち粉をふりかけてまた巻いて打って薄く薄く伸ばしたら包丁で切れるくらいの幅に折り重ねて小口から包丁でさくさくと切り、それを伸ばしてからうどんになるのですが、それを束《たば》ねて適宜《てきぎ》に切り、一束《ひとたば》何銭という値《ね》で売らなければなりません。

それを売り歩くのは祖父の役目ですが、大人しい人だったのでなかなか売りに行く勇気がない。ちゃんと箱に詰めて何時《いつ》でも行けるようにしてあるのに「明日は行く」と言って一日伸ばしに伸ばして、夜が明けてからちょっと道路を見てから「今日は行かん。人が見るから。明日暗いうちに行く」と言って引っ込んでしまう。

とうとう暗い中に外に出て上《かさ》の方へ行き沓掛《くつかけ》か波多方《はだかた》の方でしょう。声をかけると女の人が、あちらはよく働き、畳表を打つので、忙しくて、うどん打ちなどするより、機織《はたお》りに精出した方がお金が儲《もう》かるのか買ってくれて、次に又行くと美味しかったからと又買ってくれ、祖父の恥ずかしがりやも口コミでよく売れるので、それからお金が出来始めたということで、売りに出ていると聞けば田圃や畠などを買って、壽太郎さんには嫁を貰って上《かさ》に家屋敷と田と畑と山とを領《わ》けて分家をさせ（明治四十五年）、雑用《ぞうよう》は働いて得れば暮らせるようにしてあげ、チャウ、安吉、萬策と夫々縁につけ隠居分として老人二人の分を残してあったのです。

（註）長男傳次郎は植木屋として、二男壽太郎は花活けで暮らしをたてたという。三男は本家を去る前に死亡、末子安吉は、八幡製鉄で働いていたと聞くが、山香でチャウが住んでいた家を譲られている。

私（英子）が生まれた時は祖母は六十一歳でした。

私が女子師範に入ったときは、十五歳ですから、祖母は今の私と同じ七十五歳であったことになります。

私の知る祖母は、両田《ふたた》に住む姉トクと家も近かったし、姉妹とも健康でよく働きました。

二宮《ふたみや》の桑畑の中耕《なかうち》をしたり、吉田のお庭の草むしりをさせて貰っていくらかの賃金を貰って小遣いにしたのでしょう。小遣いと言ってもお寺のお勤まりにお賽銭に使うようなことだったと思いますが、吉田のおしう奥さんは私は偉かったと思います。多分、草むしりに疲れた今でいうお茶の時間頃のことでしょう。お酒をおぼんにのせて持ち出してお酒の好きな祖母たちをねぎらい、ご自分もおしょうばんなさり乍《なが》ら親しくお話をなさったとか聞いております。賃金は安かったと思いますけれども、お金の得られる道というと外に何もない頃ですから、祖母たちは嬉しかったと思います。二人とも高齢になって亡くなりました。

（註）二宮《ふたみや》とはこの地では格の高い家柄で、かっては医家でもあったという。
（註）吉田とは三代続く医家で、この時は二代目。孰れも住所は大字相原見世。

伯母　佐藤チャウ

人生は思うよう（つまり順調に）にはなりません。

おチャウ伯母はいったん小崎《おさき》に嫁入りしてその家の人が嫌で、朝、草刈りに行くのに一張羅《いっちょうら》の草履《ぞうり》を履いて行ったそうです（わざとそうして出て行けと言わせるためであったとか）。

それから松行に二度目の嫁入りをしたものの建造と言った夫は戦死（日露戦争・一九〇五年。チャウ二十七歳）。下がり金を貰って帰り、三度目は山香に大勢の子供のある所へ嫁し四十年、代用教員だった夫を勤めに出し、舅と広い田畠を作り、牛と馬の二頭を飼っていました。

後に舅も夫も亡くなり、私を扶けるために田染へ来てくれ、田染で亡くなります。

この人の話は又の日に書きましょう。

チャウ

チャウについては、その母イツは「チャウは、ワシの親のようじゃ」と言ったという。

母が、そのチャウの話を書き留めていたのは、ほんのメモ程度で、推し量って彼女の山香での働きぶりを書く以外ない。

それによれば、後添いとして嫁いだ相手は、佐藤鶴太郎といい、代用教員として学校へ勤めていた。チャウは、二度目に嫁いだ建造という夫が戦死した時、下がり金を貰って一旦田染にかえされていた。だから山香に嫁ぐときその金を持っていたので、それで田を買ったようだ。

佐藤の家には、四人の子供がいた。その子らの世話をしながら、夫を勤めに出し、舅と二人で、幅広く百姓仕事に精を出した。

牛と馬を飼っており、毎日与える飼い葉の早朝の草刈りは二荷ほどで、この仕事には、先妻の男の子も一緒に行ったという。広い田を耕すので、牛が疲れたら馬を使うといった具合で、田起こし、畔塗り、苗代、田植え（当時の田植えは、大勢の近所の人と相互に手伝い合う）と采配、労働に従事しただろう。

納屋にはイガを干して積み上げ、真夏に庭で乾かし、めぐり棒で叩いて麦の収納をした。夏は養蚕《ようさん》もしていたという。後に田染へ帰ってから具体的な労働の様子は、私の姉典子の手記に詳しい。

そうした日々の中でも田染の真木大堂祭には、夫婦連れで戻っていたという。夫とは仲が良く、ときには子供連れのときもあった。

彼女の田染へ帰る頻度は、月に一度は帰っていたらしい。徒歩で山越えの道を何時間かかっていたであろうか。

英子《ひでこ》が女子師範の夏休みに帰ったとき、新しい着替えの着物を買う余裕がなかったので、それまで着ていたものを解いて糊張りをし、仕立て直すときも、チャウが手伝ってくれたという。弱冠十五、六歳の英子も英子だが、それを手伝うチャウ伯母もおそらく母親代わりとしてそうした着物の洗濯の方法などをいろいろ教えこんだに違いない。

山香で暮らした期間は四十年にもなったというから嫁ぎ先の佐藤家の人とし

て米作りのほかにも綿《わた》を育て、蚕を飼って繭《まゆ》から糸をとり、機織《はたお》りもして、自分の着るものを反物にし、仕立てていたのではなかろうか。

チャウが亡くなった後、母は、「この着物は、伯母が自分で織って、仕立てたもので、そんなに手を通したものではないのよ」と言って、私とすぐ上の姉に、色抜きし、型染めの方法があったらしく、勿論業者に頼んで、母自らが仕立てて、持たせてくれた。

舅も夫も既に亡くなっていたにしてもそこでの安寧な暮らしの基礎は定まっていたことだろう。血のつながりのない子供たちもそれぞれに所帯を持っていただろうし、夫と二人暮らしだった独立した家もあった。

姪の英子から生まれる子の世話を頼まれたのは、そんな時だった。チャウ六十九歳、他ならぬ英子の頼みである。なさぬ仲の子等とこれまでの縁で、近くで共に過ごして終えるより、血縁ある姪に余生を託すという決断は早かった。

当時（昭和十九年）、英子の家族は、夫婦の勤務の都合で西国東郡田原村沓掛の借家に住んでいた。どぶろく祭りで有名な白髭神社のすぐ近くである。典子や式部の二人の小児は、神社の境内が遊び場であった。

平成元年、四十八歳で癌に命を奪われた、次女式部の脳裏には、この頃の姉妹の様子が窺えるかのような「典子姉ちゃーん」と頼りの姉を探す幼児期の情景が最後のことばとなった。

チャウは、田染に帰るのではなく、その借家に行くことになったのだ。大八車に必要なもの（中には機織り機もあった）を積んで、自分もその車力《しゃりき》と一緒に歩いて山香から引っ越してきたという。これは七歳だった長女典子の記憶である。

一家がその沓掛の借家から田染へ戻ったのは、それから二年後、昭和二十一年三月だった。

チャウは、いささかの蓄え（毎月、田染に帰るたび、お金を郵便局に預けておったそうだ。字が読めないので、弟萬策に管理させ、長年にわたり貯めていた）があったようで、田染に帰ってからか、向野《むかいの》という山の田畑を買った。段々畑になっており、池もある三枚は田んぼで、一番高い場所は広い畑であった。

英子は、家の近くに二反八畝の田（サルバミ）を買う。

チャウは、渡邊家の者として、早速、牛の世話から鶏を飼ったり、田植え、野菜作りなど、一家八人が自給自足できるように、子守の傍ら元気でこの家のために働いた。

彼女は、その幼少の頃より、働くためにに生まれてきたかのようだ。働くことは、当たり前のことなのだ。「あなたは何故山に登るか」と問われた人が「そこに山があるからです」と言うに似て、彼女の前に仕事があったとしか思えない。

七歳のころ既に機織りをしていたという、同じ年頃の私に言った言葉は本当であったろう。

子供の頃から長女でしかも一家の重宝な働き手であったこともあって、教育を受けさせて貰っていない。

明治五年（一八七二）（「学制」頒布）以前は、村内一部の子女は、寺子屋教育を受けていた。明治九年生まれのチャウの場合は、教員の有資格者も少なく漢文の素養があれば雇教員として採用しており、実態は寺子屋式に近かったようだ。

明治十三年（一八八〇）この頃、学務当局最大の努力は就学の奨励であったという。

明治十九年（一八八六）四月に「小学校令」が公布され、尋常四年、高等四年の二科として尋常科四か年を義務教育としたとある。

しかし、この地域では、明治二十二年に田染小学校となり、初代校長も就任した。

教育に理解ある家の子以外は、寺子屋であろうとも通えなかっただろうし、小学校令の出た時期もチャウには不運な年齢に当たる。

まして「女子に教育など」といった時代の風潮もあったことを考えれば、まず、教育を受けることは難しかったであろう。故に彼女は生涯読み書きができなかった。

読み書きができなかったけれども、後添いとして嫁いだ先の夫は代用教員であったし、居心地のいい人たちであったと英子に告げている。

田染で一緒に住んだ英子と夫今朝治も師範を出ている、どちらかといえば教養ある夫婦といえる。しかし、チャウは、少しの違和感もなく過ごせている。

今朝治は感性鋭敏で、異質なものに拒否反応を起こす人であったため、舅萬策との折合いがつけ難く、その為トラブルが絶えなかったと聞く。その為、真剣に英子との離婚を考えた経緯もあった。

チャウは萬策の姉であったが、今朝治の拒否反応がなかったようである。

教育を受けた受けないで言えば、英子の母方の伯母阿部ソヨは、「私も学校へ行ったおかげで九十歳を超えた今でも、テレビを見ても普通の漢字が読めるので大へん楽しみです」と「田染小学校百年誌」に寄稿している。彼女が明治二十九年尋常科四年卒。英子の亡くなった実母ゲンは、明治三十四年卒である。

明治二十五年に親や弟たちと見世に移ってきたとき、新築の家の大黒柱や舞《まい》良戸《らど》をヌカ雑巾でピカピカに磨き上げたのが十六歳のチャウであった。

「豊後の磨崖仏散歩」（渡辺克己）で、

田染の里は、現在豊後高田市の内に入っていますが、昔は田染郷として国東半島六郷の一つでした。仏跡のおおいことでは、六郷中随一です。国宝の富貴寺大堂と木彫仏、壁画、真木大堂の国の指定重要文化財の木彫仏多数、磨崖石仏では国の史跡指定を受けている熊野石仏を代表格にして数ヶ所など見るべきものがあります。

と記されている。

児らの家　巡りめぐりて　真昼時　熊野山路を　女教師ゆく

渡辺恒人（田染小学校百年誌より）

英子は、熊野を含む地域である平野分教場に勤務していた。

チャウは、乳呑み児の弟公平をおんぶして、学校の昼休みに乳をのませるため、玲子の手をひいて、分教場へ行くのだが、途中には、真木大堂がある。そんな時、自然に田染に伝わる伝説を話してくれた。

蕗《ふき》（地名）には、とてつもなく大きな榧木《かやのき》があって、その木で富貴寺大堂が建てられたこと。それでも余ったので、牛にひかせて熊野に行く途中で牛が息絶えた。その場所が丁度真木大堂の所であったという。そこでその残りの榧木で真木大堂が建てられたという。だから真木大堂には、白牛に乗った六面六臂《ろくめんろっぴ》の大威徳明王《だいいとくみょうおう》が安置されているというのだ。真木大堂を過ぎて、分教場を更に南に二キロ程行けば熊野権現《ごんげん》に辿り着く。

歌人佐々木信綱は、「短歌入門」に、

「九州なる宇佐八幡に参拝し富貴寺の有名な壁画を見て別府へ出たときの旅である」

熊野に寄って、磨崖仏を観て

山椿さきしだり　荘厳す　大き岩にゑれる　この磨崖仏

と詠んでいる。

熊野権現は、この磨崖仏で有名だが、鬼が造ったと伝えられる乱積みの石段がある。

昭和四十一年に、私宅へお泊りになられ、父がご案内した荻原井泉水（俳人）は、

山道を　あえぎあえぎつ　登りきて　仰ぎまつるや　大きな仏を

と詠む。氏八十三歳。

その石段のお話は、悪さをする鬼と権現様の約束で、一夜で石段を積まねば、村を去れということで鬼が懸命に積んで、やがて夜明け前にできそうと見た神様は一番鶏の鳴きまねをして、鬼を村から追放する。慌てた鬼は最後の石を持ったまま逃げたのでその石を投げ捨てたところが「立石」だったという。

こうした田染の里の貴重な文化財にまつわる話をしてくれたことが、いつし

か幼い私の脳裏に刻まれ、故郷田染の類まれな地域との認識が後、京都の大学及び日本史を専攻する潜在的な動機になっている。

大変信心が厚かったチャウは、この幼児に、「おまえは、マンのいい子じゃ、九月二十四日は、お彼岸のお中日じゃ、そのうえ、福耳じゃ。一生お金に不自由はせんぞ」と言っていた。勿論、私は小さかったけれど「そんな先のことが分かるもんか」とひそかに思っていた。後でわかったが、私の生まれた日は、チャウの母イツと同じ九月二十四日である。そのことを知っていたかどうか。

私にとって、ばあちゃんは、幼少時常に一緒に居った人である。

近所の人が私宅に寄って来た時のこと、面白半分に、「玲ちゃん、母ちゃんはどっちかえ」と尋ねられたことがある。母も居ったときのこと、小さかったけれども母の存在を認識していた。返事はどう言ったか覚えていないが、私が、ばあちゃんを「母ちゃん」というのを期待しての質問であることはまちがいなかった。

裏縁に腰掛けて、芍薬の花を見て、「ばあちゃん、この花きれいね！」といえば「この花はのう、ここに毎年咲くんじゃ」という、春の日ののどかな縁側の風景である。

子守を頼まれて田染に帰ったチャウが百姓仕事を本当にしていたのか私の記憶にない。がしかし姉典子は八歳年長であったので、「小四の頃から（一家が田原から田染へ戻った時期）、朝四時に起こされ、芋の草取りをさせられ、五、六年のころは、学校から帰ると下肥の始末で、山田である向野《むかいの》のそれも一番高いところへ持っていき、肥料として使った。毎日のようにその繰り返しだった。下肥の薄め方ややり方は覚えている」という。

「牛の餌の草切り、主だった田サルバミのれんげ草を刈り取り、藁を切り、レンゲ草と混ぜて牛の餌にしていた。

大豆、小豆、さつま芋、里芋、白菜、ほうれん草、人参などのいろいろな野菜の栽培方法は皆、おチャウ伯母が教えてくれた。

中学生の頃は、田植え、田の草取り、牛糞を肥料として田んぼに持っていくのに、車力に積んで近所の子供たちに後ろを押させてサルバミまで持って行った。子牛の散歩や牛舎の敷き藁の始末もした。

朝から夜まで忙しかった。」

そして、「思えば四年生の頃からおチャウ伯母に百姓仕事を手伝わされた」という。

この話を初めて聞いたとき私は思わず、怒って「なんということ！　私があなたより上だったらばあちゃんに言ってあげたのに」

しかし、姉は「辛い時があったけれどもおチャウ伯母を決して悪く言ってはいけない。伯母は、渡邊家のために一生懸命で母も助かっていたのですから」と言うのだ。

しかし、当時の姉を想像すると、これが、両親を教員に持つ、子供の姿と誰が思うだろうか。

専業農家の人であれば、自らがその仕事を担うであろうから。子供を使う時は、田植えなどで本当に人手が要るときであったろう。

現に他の姉弟妹はチャウが寝たきりになって仕事が出来なくなってから大きくなったのでこのような経験はしていない。

鶏はおチャウ伯母が世話していたともいう。だから、私の手伝いは、餌にする草を教えてもらい、それを摘んで刻み、ヌカと混ぜ合わせて餌を作った。卵の殻を固くするには、貝殻をかち割って混ぜる。そんなことをしゃべりながら自然に教え、私もままごとのようにそれを真似る。

産んだばかりの卵は、取って、カチッと割って私に啜《すす》らせた。典子姉も同じような経験をしていたという。卵は滋養があると知ってのこと、当時は貴重な栄養源でもあったのだ。

子守がてら茶摘みに連れて行く。「若い芽を摘むんじゃ」と言って、自分はせっせと摘んでいき、私にも勝手に摘ませるのだがどれのどこまでが新芽かわからない。色で見分けるのだろうが判然とせずつい、面倒になって、古い葉まで摘んでしまう。しかし何も言わずセッセと自分の仕事をただこなしているのだ。

帰ればそれを蒸して、大きな竹で編んだざるに移して揉み、干してお茶にするのだ。或いは、専門のお茶屋さんに頼んだのかもしれない。母の頃はそうだった。

養蚕をしていた年もあった。家の中、入り口近くの広間に蚕棚が作られていた。私が四歳頃であっただろう。

蚕は桑の葉をとても沢山食べるそうだからそれを採りに行くのも大変だったろうし、第一、桑の木は何処に植えてあったのだろうか。

日本の繭生産量のピークは、昭和五年（一九三〇）頃というから山香では大きくしていたに違いない。

綿の栽培もしていた。田染の畑は小さかったので大したことではないが、当時の専業農家がしていたと思われるあらゆる作物栽培をしていた感がある。

チャウの田染への帰還は浦島太郎のようなもので、誰一人、若かりし頃のチャウを知る人は居なかったのではなかろうか。

故に近くの人々は、「あの家はあんなにも貧しかったのに娘（英子のこと）が師範を出て教員になったものだから金回りが良くなった」と陰口を言っていたという。

しかし、当時の教員の給料は大した額ではなくて、現金収入があるという利点はあったが、やはり貧しく、家族八人が暮らすのは大変であったと思う。

だからこそチャウは、ただの子守でなく家族の自給自足のため、早朝であったり夜間であっても、百姓仕事をしていたのだろう。頭の中には、犬が本能を駆使して散歩コースの順番を間違うことなく示すように、農業における栽培の種の蒔き時、植え時、収穫時期が詰まっていたに違いない。忘れてならないのは、チャウは読み書きができなかったということ。メモに頼れないということは、総て記憶することだったのだ。仕事は早く、手際もよく、働ける者にはそれぞれにできる仕事を振り分ける。小学生の典子さえ手になっていたのだ。

だが、人は知らない。チャウという日頃、子守をしているあの小柄な「おばあさん」が渡邊家の家内仕事、百姓仕事の多くを担っていたことを。それを知っていたのはおそらく母英子ただ一人であったろう。

「伯母は私の大恩人」だったのだ。

雨の日には、室内で繕いものをしている。傍らにいる私に、針の耳に糸を通してくれと言う。玉結びも私たちが普通にする簡単なものではないのだ。それを見ていた私はこの結び方は魔法のようで、これさえ覚えたらきっと絶対にほどけないと思った。しかも結び目も小さくきれいなので教えて貰うが、私は小児であったというだけではなく相当不器用に生まれついたようで、終《つい》に習得できなかった。ばあちゃんは、ただ「そうかのう」と言うだけで縫物に集中していた。

折り紙で鶴を折ってくれた。折り方もまた教えてくれるのだが、順序が覚えられずこれもまたできなかった。

仕事一筋とも思える人生で、いろいろなことをよく覚え、出来ていたことにむしろ不思議な人だったなあと思うのだが。

姉典子の百姓仕事の様子は、チャウの山香に於ける四十年の暮らしの一端に過ぎなかろう。

淡々と仕事に取り組んできたチャウが、どんな心境か分かる事例がある。

裏庭に、かんころ餅を「ばらだ」（竹で編んだ丸く大きな、ものを干すときに用いるもの）に並べて干したとき、「ホラ、かんころ餅ができたぞ」と得意な面持ちで私に言ったとき。芋を植えて、肥やしをやり、草取りをし、収穫する。当時のかんころ餅の作り方は、わからないが、現在行われているレシピを参考にすると、「サツマイモを薄く切って茹でててんぴ干しし、カチカチに硬く乾燥する（カンコロ）。そのカンコロを水に戻し、もち米を加えて「せいろ」で蒸す。蒸しあがったら、餅つき機で搗いて、滑らかにして、餅取り粉をつけて丸める」とある。

これほどの手間と時間をかけて完成したこの努力の結果、達成感、それこそがこの人の労働の対価だったのだ。私たちは概ね「仕事」とは、自分の外にあって、しなければならないものと考えているキライがあるが、彼女にとっては、ごく当たり前のことだったのだ。

かんころ餅に関しては、これを喜んで食べてくれるだろう、私たち子供の姿が見えていた。決しておいしいものではなかったけれどもこれはおやつであった。

働き続けた彼女であったが、お祭りや観劇が好きだったようで、村の秋祭り、真木大堂祭、富貴寺大堂祭には、私を連れて遠くても出かけてお参りしていた。祭りにかかっていたお芝居も観に行ったし、楽しみでもあったようだ。

何もない田舎で、こうした行事が人々の娯楽であったのだ。

人生の出会いとは偶然であるが、この人に育ててもらったお陰で、彼女ほどの実用性の面で能力のなかった私であるが、気持ちの中には、誰にも負けない強い気質が伝わったように思う。それ程ばあちゃんは、見た目は、穏やかな表情の人であったが、ここぞというときは決して後に引かない強いものを持っていた。

彼女が生涯で一番口惜しい思いをしたのが戦後の預金封鎖や平価切り下げに遭って、自分のお金が減ったことだと私は思っている。

学齢前の私に、「貯金がだいぶ有ったんじゃが減ってしもうた」と、車力《しゃりき》に荷を積んで農協に行く折に話していたことが思い出される。

母　英子《ひでこ》

英子は大正二年（一九二三）二月二十六日、大分県西国東郡田染《たしぶ》村大字相原《あいはら》八一九番地に生まれる。父は萬策、母は阿部ゲンである。

生まれた時、隠居の祖父母は、同じ家に同居していた。この住居は、棟梁が二棟建てた新築の家であったという。つなげていたが、二棟なのだ。一棟を隠居の住いにしていたと思われる。

父、萬策の働きが悪かったようで（私たち孫は、祖父の職業というものを聞いたことがない）、貧しく、母ゲンも病弱であったという（萬策は心臓弁膜症であったと聞く）。

妻ゲンの母はしっかり者で、甲斐性のない萬策を厳しくなじり、それが基となり、両親は離婚することになった。

英子五歳の時である。

母　英子

このように幼い頃、母親と別れなければならなかったことは、彼女の生涯の悲しみとなったのだ。

幼くて母に別れし夜の蛍　　渡辺卯花

実母と別れて十年経た頃、事情を知る村唯一の近所の医師から、母の危篤を教えられ、急ぎ阿部家に行く。

臨終の母は、枕辺の娘に「英《ひで》ちゃん勉強がよくできるそうね」と言ったという。

その母の、安部家の血を受けたことで、その学力の優秀さ、内面性、文芸的な志向を有したと思うのだが。

こうして、十四歳で永遠に実母と別れることになったのだ。

その時の気持ちを、

「母に死別した時、尼さんになりたいと思いましたが父をのこすことを悪いと思って思いとどまりました」と書く。

母の忌の綻びそめし山ざくら　　渡辺卯花

私（英子）が十二歳の頃のことでした。

渡辺九平・イツ夫婦は、毎年別府の湯に行き、米、味噌、野菜持参で一週間位泊まって湯治《とうじ》していた。

同室に泊まり合わせた十八歳位の若い人が毎朝唱へるので「もしもし、なかなか有り難い御詠歌《ごえいか》のようですのでどうか紙に書いて下さい」と頼んだら手帖の紙をちぎって鉛筆で書いてもらったということで私はそれを見て覚えました。

帰命頂来黒谷の
圓光大師の教えには　（註・圓光大師は法然の房号）
人間僅か五十年
花にたとへて朝顔の
露よりもろき身を持ちて

なぜに後生を願はずや
朝に生まれし幼な子の
暮れには煙となるもあり
十や十五のつぼみ花
十九　二十の花ざかり
世帯盛りの人々も
今宵《こよい》枕を傾けて
すぐに頓死《とんし》をするもあり
これを思へば皆人ぞ
先立つ人の追善に
念佛唱へて念ずべし
あら有り難や念ずべし

（この時代の人々の暮らしや考えの一端が窺《うかが》えるので敢えて入れた）

決して環境的には恵まれていたとは言えなかった、このような少女は、学業成績が優秀で、七十三名中一番か二番であった。

父、萬策は娘の進路を決めるにあたり、安部家に行き、母ゲンの姉ソヨの娘が女子師範を出て教員になっていたので、その年俸を聞いたのち、娘を女子師範にやることにした。（註）女子師範は入学試験もあったそうである。

しかし、もとより、彼は貧しくて娘を進学させる余裕は無かった。そこで、日頃から何かと支援してくれていた姉チャウに進学させるための援助を頼んだのだ。

（師範学校は全て官費にて教育するとあるが、他に要り用があったと思われる。）

後述のように師範教育は明治十八年（一八八五）に、官費で賄うことになったのだが、五年間の寄宿舎生活を送るにしても、なにがしかの費用は当然要ったということである。

幕末から明治にかけて、欧米諸国の外圧を受けて、明治政府は富国強兵を掲げ、追いつけ、追い越せで急激な欧米化を進めた。

しかし、明治十二年（一八七九）「これまでの文明開化の教育は、（中略）知識や技術の教育のみを偏重しその根本にある徳育を軽んじている」とし、人々が「自由思想によって過激に出るのを制止し、今後は祖宗の訓典に基づいて専ら仁義忠孝を明らかにし、道徳は孔子を主としてゆくべきだ」（教学大旨）と方針転換をする。「反政府的急進思想を抑える為にも道徳教育を強化する為、教育を地方分権から中央集権的体制に組みなおす目的で「教育令」が改正された。」その時の教育政策の大改革で、師範学校、高等師範学校は官費にて教育することとなった。

そして、教育は「生徒其の人の為に非ずして国家の為」にするとして、明治十九年（一八八六）「文部省による教科書の検定制度、及び編纂、教師の養成を全国的に統一して組織する師範教育の改革」がなされたのである。「こうして天皇制国家の形成をになうにふさわしい臣民の育成を目的にした国家主義教育が（中略）組織だてられた。」

明治二十一年（一八八八）帝国憲法草案の審議では、「我が国は宗教的なる力が微弱で、国家の基軸たるものがない。（中略）基軸にするとしたら一つ皇室あるのみ」となって教育勅語（天皇制教育思想）の渙発となる。（註）渙発とは勅語を発するの意

「教育勅語の教育理念は、（中略）絶対的価値としての天皇制国家の目的に奉仕するために、家長、族長としての天皇への恭順、絶対的服従、及び犠牲としての忠君愛国の臣民教育思想」を確立していくことであった。

キリスト教徒との間の教育と宗教の衝突論争もあったそうだが、「キリスト教人間観が、博愛主義的人類愛を主張することなどで、天皇制思想の確立・育成にとって害を及ぼす」ということで退けられたという。（註）武田清子「天皇制思想の形成」参考

この思想が敗戦の昭和二十年（一九四五）まで続いたのである。

入学する女子師範学校は、以上のような国の大いなる目的を達成するための教員養成所である。

当時の学制では、尋常高等小学校を出れば、上級に進学するに、中学校・女学校に行くのが普通で、貧しい家の子弟は、女性であれば「女工」になったという。

母は、当時を振り返って、私たちに「お父さんの家はお金があったと思う」と言っていた。父の妹は女学校にやってもらっていたという。

母は、女子師範という道が拓けたけれど、多くの人々が、貧しさ故に、進学を阻まれたのではなかったか。

女子師範時代

女子師範では、ある時、自分の成績順位を知って愕然《がくぜん》としたという。なんと五十番だった。それから俄然勉強して十五番まで上がったと話していた。負けず嫌いで頑張り屋の一端がみえる。

授業では貝原益軒の「女大学」を批判して零点を覚悟していたが十点をいただいたそうだ。

（註）女大学とは、江戸時代中期から女子一般の修身書として行われた。内容は女として家を支え、慎みを忘れずに女の道を極めよという倫理観のもと、親及び舅・姑に対する孝、洗濯、裁縫などの家事労働、出産、子育て、三味線などのお稽古、身だしなみ多岐に亘る。要は家政を治めることを説いたもの。

また、母は私への手紙に「女に学問は不要という考え、男中心の社会、「女は陰の支え」という、父も「尋ねられたら答えよ」という閉鎖的な育て方の中で育ちながら黙っていては分かってもらえないとどしどし発言する子が育ちました」と書く。

そのような気性と反するような、近所の医師から二十歳まで持つまいと言われた、見た目痩せて細く、実際身体も弱かったので、自らバレー（ボール）部に入り、鍛えたという。

キリスト教

日曜日には二、三人で連れ立って寄宿舎に近い、町中のキリスト教会に行っていた。牧師のお話を熱心に聞いたという。そして洗礼を受けたという。十五歳である。

それからは、「朝起きては、今日一日の導きを祈り、就寝の前には一日を謝す生活が続いた」と母は私への手紙に書く。

さて、私たちの故郷国東半島は、古く仏教文化が花開いた土地である。一方、大分市は大友宗麟が、フランシスコ・ザビエルにキリスト教の布教を許し、自らも入信し領民にもこれを勧めた。それ故に、大友宗麟は、キリシタン大名として広く知られる。そして、日本で初めて数々（西洋医学、西洋音楽、演劇、美術、コレジオ＝学院）の西洋文化が短期間であるが、花開いた土地である。

当時（母の進学した時期）三百年余が過ぎていたが、江戸幕府の厳しいキリスト教弾圧の歴史を経て、どれくらいの信者がいたかわからないけれども竹田の隠れキリシタンの洞窟遺跡を見ても潜伏キリシタンはいた。

全てが隠れキリシタンの末裔ではなくとも明治時代になってから、キリスト教は、この国の先進化・近代化を担う重要な役割を果たしていた。そうした風潮の中、女子師範に集う人々の家庭に信仰を持っていた方々が居られても不思議ではあるまい。

彼らは、県下津々浦々から集まった英才たちである。

これら女子師範時代の信仰のことを長女典子に語っている。しかし、私たちが育つ環境の中で、信仰という点でキリスト教の影響を受けた認識はないが、現在盛んに行われているクリスマスイブに行われるサンタクロースのプレゼントなどは、あの昭和二十年代、あのような農村でやって貰っていたのだ。寝る前に靴下を出しておかなければと、姉妹で期待に胸を膨らませて就寝したものだ。

そして、育った家の茶の間には、ミレーの「落穂拾い」と「晩鐘」がかけられていた。ただでさえ煮炊きにかまどを使っており、柱や天井、鴨居は煤で黒光りしているほど暗かったのに、これらの絵は暗く、どうしてこんな絵がかかっていたのかわからなかった。しかし、この頃、「暮しの手帖」一九七八年56「私の読んだ本」中、「ステンドグラス」小川国夫著の感想文に次のようなことが書かれていた。それは、

「ステンドグラスは何のために作られたか」で、十世紀から十三世紀が全盛だったステンドグラスは、読み書きのできない人々に彼らが信じていること、或いは信ずべきことの内容を分かりやすく示したものだそうだ。聖書の物語をガラスに描き、その断片を鉛の縁でつなぐ。ステンドグラスによってキリスト教は人々に啓蒙される。（中略）

種まく人のステンドグラスは、聖書にある農夫がまいた種が、それぞれ道端や土の薄い石ばらの地や良い地に落ち、良い地に落ちた種だけが実を結び何倍にもなった。というたとえを通し、目で見て、耳で聞いて、心で悟る人が、実を結ぶことを教えていると。

ミレーは聖書を基に一連の農民の絵を描いていたのだということを初めて知った。

母は、ミレーの絵が宗教的なものであることは知っていたであろうが、印刷されたものであり、「晩鐘」と二幅あったので、いかなる経緯で我が家にかけられていたか聞いてはいない（後年、母は渡邊家の宗旨である浄土真宗の教えについて学び研究し、キリスト教と浄土真宗を自分の中で、融合させている）。

誰でもそうだが、田舎で育ち、都市の学校へ行き、学ぶ機会を得ることは、本人の意思とは関係なくその雰囲気も含めて、環境による変化、及び新しい思想などへ触れるチャンスでもある。

英子の場合はキリスト教であったといえる。

しかし、師範学校に要求されている儒教道徳の忠君愛国の国家主義的思想は、キリスト教の博愛主義的人類愛とは、反するものである。

少女たちがキリスト教の教えに傾倒したのは、国の目指す教育の目的とはちがったものであった。

もう一つの出会いは、一級上の佐藤浪江氏である。卒業後も親しく長く交際している。

彼女は臼杵市に住み、短歌を詠み、歌集もだしておられる。また、「ほるとの木」という童話を作る会を主宰されていた。

文芸への関心と共感が二人を近づけたと思われる。

・

昭和七年、大分県立女子師範学校卒業。

赴任校は西国東郡香々地尋常高等小学校。

ここで夫となる安藤今朝治に会う。

時代

私の父今朝治や、母英子が師範および、女子師範で学んだ頃は、大正デモクラシーと呼ばれた時期（明治三十八年から大正六年まで）から十年後のことである。大正文化を代表する文学的潮流白樺派が生まれた頃と近いし、その影響を受けた人々が自由な考え方を持っていたとしても何ら不思議なことではない。

父と生年が同じ（明治四十三年生まれ）立命館大学哲学科教授だった、山元一郎先生への追悼文の中に、「先生はよく「僕は赤い鳥世代だよ」と言っていた」という。先生がそんな表現を殊更言ったのは、昭和六年（一九三一）から始まった満州事変以後軍国主義化が加速し、数々の思想統制などで自由が奪われていった時代への無念を抱いてのことであろう。

（註）「赤い鳥」は鈴木三重吉の出した雑誌で、白樺派に属す。大正時代のリベラルな時代の象徴的な言葉といえよう。

渡邊（旧姓　安藤）今朝治について

安藤今朝治　明治四十三年（一九一〇）三月十日、大分県西国東郡東都甲村加礼川に生まれる。

私立修説校（一年間）（註）、

大分師範学校専科国語、昭和五年卒業。

その生涯を小学校教員として過ごす。

多趣味な人であったが、よく書物に親しみ、その思想は時代柄、白樺派に近く、武者小路実篤の著作に大いにその生き様を教示されていたかに思える。

残された本の書名を上げれば多岐にわたり、好んでいたと思われるのは、詩では三好達治、経済学では河上肇「貧乏物語」、トルストイの著書、夏目漱石「草枕」、晩年といっても五十代には、中里介山「大菩薩峠」全三十五巻を「読み終えたぞ」と言っていた。

中里介山は白樺派に近く、第二次世界大戦下、日本文学報国会への入会を拒否し、自己の信念に忠実だったということをこの頃知った。父のその感性の何程かを物語るものである。

父がこれらの本を読んでいたか否かは、大事と思った所に、ペンで線を引いたり、丸印を点々と振っているので、読み込んでいることが分かるのだ。

父　今朝治

「書」は鈴木翠軒を師とし、これは本業つまり教員としての仕事の一環でもあったろう。号は三空《さんくう》。

書に向かう姿勢は、たゆみなく継続することの大切さを説く武者小路実篤の言葉に共感し、我が意を得たかの如く、健康なときは、毎日休みなく練習に励み、深夜二時までやっていたという。勤務は遠方の学校であっても自転車を使っていたが、誰よりも早く出勤していたとか。

父の壮年期に学齢期にあたった上からの三姉妹は、家で習字の練習の手ほどきを受けていた。

当時は、学校でも同じ翠軒流の書をなさっておられる先生がいて、放課後指導をしてくださっていた。

父もまた、勤務する学校で同じく指導していた。土曜日に宿直があって、連れて行ってもらった時、日曜日に生徒たちがやってきて私も一緒に習字の練習に加わったことがある。

（俳句）昭和六年から自由律俳句の句作をし、昭和二十一年、自由律俳句の「層雲」入門。俳号　安藤叢平《そうへい》。

此の道に早く入って居られる、内島北朗氏の随筆「曇と泥」（昭和三十七年刊）より。

「自由律俳句とは、荻原井泉水先生が大正元年頃から主張しておられる五十年に近い経歴を持つ俳句の新提唱の道です。（略）

一口に言えば真の芭蕉精神を現代的に生かすというねらいで、つまり俳句は純真な詩心から出発せねばならない。作者の純真な詩心を、然も芭蕉より三百年を経た今日の複雑した社会情勢の中にあって、近代的詩情を文学するには、定型的なキュウクツな型や約束の中にあっては自由に近代感覚を表現しきれない。たとい表現したとしても約束にとらわれたユガメられた不純なものになる。総ての生活は自由を求めているのに、なぜ文学としての俳句だけが最も封建的な型や約束にしばられねばならないか、その不満不合理を破ったものが我々の自由律俳句なのであります。」

定型俳句からの脱皮を考えたのである。井泉水の「層ならない。雲」は、明治四十四年に創刊されている。自由律俳句と称しだしたのは、大正五年頃という。

その創刊の頃、大分師範学校の校長峯青嵐と東京市長永田青嵐が、投稿していたという。二人は、二青嵐と言われていたそうだ。

層雲同人で名を高めたのは、種田山頭火、尾崎放哉《ほうさい》がある。種田山頭火は、昭和十五年に死去する。なお、井泉水に依れば、石川啄木との縁は、彼の三行詩を新しく思って、層雲に掲載し、彼の初めての原稿料だったと記している。

安藤今朝治が師範学校へ入ったのは、昭和元年である。専科が国語だったので、当然このような新しい俳句の動きも知ったであろうし、白樺派の思想や広範な意味での自由で理想主義的な動きを感知し、且つ共感、賛同していたことがうかがわれる。

故に、若いときから句作もし、戦後入門に至った経緯が見られる。

（先に書いた荻原井泉水氏を自宅にお泊りいただいて、熊野・富貴寺・真木大堂などをご案内する機会を得られたのも、父の「層雲」同人としての年期が有ったからに外ならない。）

安藤叢平　自選句

父のいるのがうれしくて子供遊んではまた帰ってくる

しおから焼いて食べよといいし母はなし

雨季多忙山田に牛追いし父なりしが

暮れた空には何もなく眠ってしまえば何もない

病院の干す白いものなども青葉深うなってきたとおもう

やまい重しという庭に出て夕月を見ている

酒の酔いよろしく友放尿するに月

異常となりて弟よ兄が来たのを笑っているが

この悲しみの丘に静かなり黎明の塔

（沖縄にて）

垣根に朝の蜜蜂が来て私は勤めに行く

（陶器）白樺派の潮流の中、柳宗悦《むねよし》らの民芸運動が起こる。大分県日田の小鹿《おん》田《だ》焼きが脚光を浴びる。それから五年後、日田郡小野村に転勤になっている。週末毎に自転車で小鹿田の里へ通い、気に入った焼き物で古老が「売らない」というものを何度も頼んで手に入れたときは「ついに譲り受けた」と大変喜んでいたそうだ。これらの花器や壺は、今も実家に置かれている。

（釣り）休日（日曜日）は、朝早く起きて餌作りに余念なく、川へ行く。若い頃からの趣味であったようで、長女典子は、幼少の頃、連れて行かれた時、釣り場で、崖から落ちて頭を打って二針縫う怪我をしたという。

（園芸）時期によって、いろいろ挑戦するようだからわかりにくいが、花では、菊の一本仕立て、二本仕立てなどに熱心だった。極め付きは、月下美人と呼ばれるサボテンの花だった。

西日の差し込む、裏縁には、毎年違うつる植物を植えていた。ヘチマ、瓢箪、アサガオ、ぶどうとそれぞれに思いを託し。へちまには子規を想い、用途は化粧水、たわしにと瓢箪は形を愛で、ぶどうは食べる楽しみにと、それらの栽培に熱心に取り組んでいた。

小学校中学年の担任で、授業で実際に校舎の中庭に小さい水田を作って、生徒らに経験的な指導をしたように、よく身体を動かして実践する姿勢が家庭での果樹の栽培に現れているではないか。肺の三分の一を切除した身体でである。

そして（盆栽）。

こんな夫だったので、いい点もあるのだが書画骨董への傾倒に関しては、母の苦労ははかりしれない。

「お父さんはね、自分のお金は趣味に使って生活費を入れなかったのよ」と子供たちもそこそこ大きくなっていたので、余裕もあったのか、母は笑顔で語っていた。

たまたま、父が一年間、習説校で学んだ縁で、この草深い、当時の地名大分県西国東郡田原村沓掛にあった、この学校の沿革をご紹介しようと思う。
（註）習説校とは、創設者福井県出身の浄土宗の僧侶、田口昇龍氏が田原村沓掛の長福寺の住職となり、村の青年たちに、漢字などを教えていたのが始まりである。

明治二十九年五月二十九日より私立学校として県知事の認可があり寺周辺に校舎や寄宿舎を整備、正式に学校としてスタートした。
明治四十三年　小学校教員養成機能を担う。
大正十五年　高田分校設置　高田町に男子の中学校がなかったため。
昭和四年　小学校正教員養成科の設置認可。
この頃からその存在が有名となり、全国各地から入学する者があり、北は北海道、南は台湾や朝鮮より、数多くの向学心に燃えた若人が終戦時まで大田村旧田原村へ集り、勉学した。

昭和二十三年三月　廃校。

五十余年、卒業生は三千人以上。

二人が勤務した香々地尋常高等小学校で、まだ二十歳の初々しかった英子は、上司に現在でいうセクハラを受けたのであろう。助けを求めたのが今朝治で、彼は若く、正義感も強く、激昂する性質でもあった為、その上司への抗議の際に、手が出たのか。この事件で、日田に左遷となったようだ（詳しく聞いたことがないので推量である）。

日田それも日田市内からも極めて遠い、中津江村鯛生《たいお》（今は鯛生金山が、観光客を集めている）、その先は、もう福岡県八女市である。

当時、どんな交通手段があったのだろうか。そんな若き日の苦労を聞いたことがない。

やがて転勤は鯛生《たいお》から小野村（小鹿田《おんた》）安心院《あじむ》と約八年間を他郷で過ごし昭

和十六年に漸く田染へ戻れた。
戦争の真っ只中である。

夫、今朝治は安藤家の二男であった為、渡邊家の婿として入籍し、渡邊今朝治と改姓する。しかし今朝治は舅萬策と気が合わず、父と夫との板ばさみで長く英子を苦しめた。まだ幼かった長女典子を連れ、死のうと思ったことも一度や二度ではなかったと聞く。

こうして父萬策は、夫今朝治との確執もあったが、英子の苦労はそれだけではなかった。

母ゲンと離婚した後、再婚したが、二番目の義母シズは、男の子を生むが産後死亡し、子もまた夭折する。一緒に過ごしたのは二年である。

その後、世話する人があって再び娶《めと》る。ナルといった彼女はなぜか、家事が出来なかったという。能力がなかったと思われる。騙されたという思いもあって、帰そうしたが、それなりのお金をつけねばならず、お金がないから帰せず、この家にそのまま居つくことになったのだと。

事情の分からない人々は、この後チャウが戻ってきたとき二人のおばあさんが居ることを不思議に思ったらしい。

チャウは、厳しくナルに仕事を言いつけていた。いつも野良に出ていたが、どれほどの仕事ができていたのかわからない。

部屋は隠居部屋があったのか、母屋に家族と一緒に住むことはなかった。ただ、家に居るときは、納屋で藁草履を作ったり縄を綯《な》ったり、カマギという藁で織る袋を作っていた。

母、英子が優しかったので居心地は良かったのではなかろうか。

良き伴侶に恵まれなかった萬策は、近所の女性と懇意になった。

彼女は、三男一女の母であったが、夫を病気で亡くしていた。この人はさる名家の女中頭として働いていたというだけあって、仕事も料理もテキパキとこなす、しかも謙虚で優しい女性である。

そして、彼女との間に男児が誕生する。英子も了承し、認知している。英子三十二歳。この年齢で、田舎でもあり、世間体を考えても余程の肝が座っていなければ、受け入れ難い出来事だった。案の定、夫今朝治は、義父のこの婚姻なき交際と子の出生に不快感を抱き、ただでさえ、嫌っていた義父の不祥事を英子にぶつけ、辛くあたったたという。

「自分たちの職業柄を考えよ」と世間体を憚《はばか》ったのだ。

更に、萬策が、彼女の家に出入りしていたとき、火鉢に掛けていた羽織が落ちて、火事になってしまったのだ。

木造、藁葺き屋根の家である。全焼し隣家の納屋、自身の自宅の一部を消失するという大火事であった。消火に当たったご近所の方も火傷を負っている（昭和二十三年）。

その経験したことのない事態を受けて、事後処理に英子は奔走する。

母方の従兄、阿部夏男氏（警察官）を頼り相談したという。

彼のアドバイスを受けて自分たちの有り金全部はたいてご近所に配り、事なきを得たという。

勤めを持つ身で、心身の疲労はいかばかりであったか。

英子は、女子師範に行くことになったその時から、教職を天職と思っていた。
長女典子が誕生しても子守（ねえや）を雇ってしのいだ。
二女式部の時は、田染に帰ったので、父萬策を頼った。ナルさんも協力しただろう。
三女玲子の時は、勤務地が田染でなかったので伯母チャウに帰って貰った。
伯母チャウが田染に帰ってどれほどの働きをしたかは既に述べた。

戦後

昭和二十年、八月十五日、敗戦となる。

英子三十四歳。

「田染小学校百年誌」に、その記念式典で、来賓祝辞を述べられた（昭和二十年三月まで田染小学校で校長を勤められた）山田義人氏は、こう語る。

「昭和二十年は本当に表現し難い悲壮な一年でした。（中略）八月十五日の敗戦の詔勅は一挙に皇国教育を葬り去りました。忽ち米兵は我が祖国の国土に勢威を誇り、教育は彼の指示のもと、民主自由主義の教育へと、百八十度の転機を見るにいたりました。仍て忠孝を本義とする教育者となる事を誓い、四か年の師範教育を受け、教員生活に入って二十数年、純真な学童の手を取って忠君愛国が勉学の究極目的であると教えて参った私は痛憤苦悶しました。そして私は遂に決意しました。断固決意いたしました。わしは蓄音機ではない。昨日まで皇国民の道を説いた私は、民主主義のレコードにかけ替えてでんとすまし顔でいられる機械ではない。只々黙して去るより外に道はない。それが昨日までの教育者の道だとこころに答え同期師範卒の同僚校長五人相擁して教職を去りました。」

「教育勅語」がその教育の目的を「修身は児童の良心や愛情を養い、人道の実践の方法を授くる」と師範学校にその思想、所謂忠君愛国の考えの徹底を求めたことは、先に記した。

それが悲惨な戦争に進んで邁進する子供たちを生み出すことになったとの反省から一挙に民主主義の教育が奨励されることになった。「日本国憲法」が制定され、昭和二十三年六月「教育勅語」は排除される。

みどりの木の芽　　渡邊英子

終戦の頃は、世の中が何となくざわついていました。子供たちもどうかすると乱暴になりがちで、桜の枝を折ったとか、苗代に石を投げたとかいうような届け出が相次ぎました。そこで、学校では、子供たちに、みんなで話し合ってよい方向に伸んでゆくようにと学校自治会を始めました。子供たちは話し合って転んでもまた起き上がるということで会の名を「だるま会」ということに決めました。そして、ある朝だるま会の歌を募集するという発表がありました。

教育勅語を失った学校で、なにを目標に子供の教育に当たったらいいのか迷っていました。ちょうど五月で、家庭訪問のため部落の道を子供たちに案内されながら歩いていました。

山の木の芽は、すくすくと伸びていました。男の子の生まれた家では鯉のぼりが風をはらんで勢いよく泳いでいました。

「教育の目標は、理想とする人間像は、そして日々の営みは、どのようにあるべきなのか。」と、考えながら歩き、心に浮かぶまま次のようにまとめました。

みどりの木の芽（だるま会の歌）

みどりの木の芽が伸ぶように
正しい心を伸ばしましょう
幟の鯉が泳ぐように
強く身体を鍛えましょう

正しく明るいわたしらが
仲よくお手々をつなぎましょう
世界のお国の子供らと
お肩をならべて歩きましょう

もはや国の中だけの人ではなくて、世界の国々の人と対等に話し合い協議できるような人に育ってもらいたいと願いました。

その頃「お花をかざる、みんないいこ」と歌いながら、先生と慕ってくれた子供たちは今社会の襞《ひだ》の中でちゃんとした家庭のお父さん、お母さんになっています。私は、あの頃の顔を思い浮かべて懐かしく思っています。

昭和五十年十二月　記

昭和二十七年に入学した私は、「だるま会の歌」が母の作詩であることを知らず、大きな声で六年間、全校生徒と共に歌っていた。

退職

昭和二十八年三月に母は、退職する。四十二歳であった。

母が天職と思っていた教員を辞めざるをえなかったのは、復員してきた人々の再就職にあたり、共働き教員の退職勧奨に依ったと言っていた。

それは、多分その年に勧奨があったわけではなかったろう、母は、老後を考えた時、恩給の支給条件の年数をクリアーしたことを分かっていたと思う。しかも伯母チャウが脳卒中でいつ倒れたかは覚えていないけれども、同時期位に寝たきり状態になっていたのではなかろうか。

末の妹も小さかった。人生にはつきものの、どうにもならないことがあったと思ってもいい。

退職にあたり、自立して来た女性として無職はありえなかった。何らかの収入の途を考えたのだ。

商店「みどりや」が誕生したいきさつである。しかしもとより、儲かるとは思っていなかった。なんらかの現金収入を得て、子供たちを育てる足しになればというくらいだったと言っていた。

しかし、父が結核で別府の九州大学温泉科学研究所付属鶴見保養所に入ることになったのは、その僅か一年後、昭和二十九年である。しかし、その時はまだ良かった。休職三年間は全くの無給ではなかった。

寝たきりになったチャウの介護と店の経営で一杯のはずなのに、田を作ることを辞めず、ただ子供たちを育てることを一番に、夜は苗代に植える苗（品種）の研究をしたり、畑仕事も、お店を閉じてからだから夜になった。母が夜間に畑に行ったり、年末に売掛金の回収に行くときは、大抵中学生の私が一緒だった。

伯母チャウが亡くなったのは昭和三十二年二月のことで、私が小学六年生の時である。

田舎の生活の大変さには、トイレの汲み取りがある。自分たちで作る作物の「肥やし」に使ったりもするので、その始末は、重労働であった。
煮炊きは、まだ薪をくべるかまど式だった。洗濯は「たらい」と洗濯板を使う手洗いである。風呂水は家の場合、下の川からバケツで運んで入れていた。井戸はあるのだが水量が少なく飲料用だった。まだまだ、生活の全般に不便と労力を要した。しかし、昭和二十年代の暮らしは、田舎のどの家でも似たり寄ったりであって、特別のことではない。

こうしてみると、戦争というものは、武器の開発は進んだそうだが、戦後の暮らしの、便利な家庭用品の数々の開発（現に我々が享受している、冷蔵庫、洗濯機、炊飯器など）と比べると、圧倒的に無益だということになるだろう。

父の病状は悪化し、手術で肺の病巣の切除をするか、ただ死を待つか、というところまできていた。家族の危機的状況であった。二人は、相談してこの大手術に踏み切った。

肺の切除は成功したものの、後一年間の療養を要し、その間の父の収入はゼロになった。

母の肩に生活の全てがかかったのだ。

二女式部が、高校に入学したのはそんな時だった。

一番母も不安な時期である。

人一倍親思いでかつ心配性の姉は、普通科に進学したにも拘わらず自ら進学を諦めていたのだろう。

小、中学校では、それなりの好成績を修め、誰がみても、私ら鈍重な姉弟妹の中で、一人だけ抜きん出ていた姉だったが、普通科の中で、就職コースを選んでいた。

父は、自宅療養中であったが、復職の活動も始めねばならなかった。病名が「結核」だっただけに、なかなか田舎の有力者に偏見もあり、大変だったようだ。

漸くストレプトマイシンやパスといった治療薬が出来て、死の病であった結核に朗報がもたらされた時代でもあったが。

父母にしては、必死の復職の活動は成功し、翌年から父は田染小学校に勤務することになった。

その後自宅から離れた学校へ赴任するなら役職を付けるという打診があったというが、断り、健康のことを優先し、退職するまで地元、田染小学校で生徒と共に過ごす道を選んだ。

さて、子供たちは、長女典子は、高校を出てから、大分市にあった服飾の専門学校に行っていた。姉によればたった六ヶ月だったというが、子供の頃から様子を見ていた父母には心配があったようで、昔ながらの花嫁修業的なことを考えていたのではなかろうか。

自立してもらうことが理想の母であったと思うが、育ちゆく過程でそれができない子だという認識もしていたのだろう。

次女式部は、なぜか就職コースの筈だったのに特に決めている様子もなかった。本人も漠然と迷っていたのかもしれない。

私は母に姉を進学させるように頼んだ。

母自身そして父も、その親たちの学校にやるという選択のお陰で、これまでの人生を送ることができている。そのことを誰よりも知っている母は、急遽姉の進学先を探し始めた。

やはり、阿部家の自分の従妹の子供たちが、行ったS女学院短期大学を選んだ。かねがね、食の大切さを考えていた母は、「栄養科」を勧め、瀬戸際で姉は短期大学へ進学した。

その三年後、私は全く運よく立命館大学に入学できた。

しかし、それはただ大学に入ったというだけの不甲斐ない娘であったのだが。大学生活で得たものは、いろいろな事象に遭い、ものの考え方の基礎が身についたことと、いろんなタイプの友人や優れた師に会えたことではないだろうか。長い生涯の初めに何かしら萌芽のようなものを纏《まと》ったような気がするのだ。

経済的に恵まれてはいなかったが、理解ある両親のお陰で、贅沢にも私立大学に進学させてもらえたことは、私の幸運であった。

進学率が好転しつつはあったが、まだまだ〝女〟という根強い性差別の状況下、この寒村で、何人が大学へ行けただろうか。

弟と妹もそれぞれ大学、短期大学へ進学させて、父と母は子育てを終えた。

父が教員生活を終えたのは、昭和四十一年三月だった。

退職後、どなたかの紹介があったのか、子供たちの母校である、大分県立高田高等学校の書道講師として勤務する。

自宅では習字教室を開き、自分が長年にわたって努力、精進してきた「書」を、村の子供たちに教える。

しかし、退職後僅か四年でその六十歳の生涯を終える。

母は、若い時から老後を視野に入れて仕事（教員）をしてきた人であったので、その生活を年金（恩給）で賄う暮らしが確立できていた。

それが母にとっての生計《たつき》の途《みち》であった。

それ故に、昭和三十四年、国民年金法が成立したとき、自分たち公務員は恩給という年金制度があったけれども、当時、国民の多く（自営業者、小規模商工業者など）は、年金制度から取り残されていた。

それらの人々を身近に見てきた母は、老後の生活の不安というものに心を巡らせていたと思う。

我が子が加入年齢に達したり、中途で会社を辞めて次までブランクがあるときは、自分が出向いてでも年金の加入手続きをする人であった。

俳句

父の死後、自由になった母は、俳句を始める。もともと、俳句は十五歳の時、詠んだ句、

木の枝の　雀も丸い　雪の朝　　渡辺英子

が褒められたことがきっかけで関心を持っていたと思われる。
加賀の千代女の句が好きで、

雪の朝二の字二の字の下駄の跡

朝顔に釣瓶取られてもらい水

など、私に楽しそうに教えてくれた。

私は余程の朴念人と見えて、俳句が味わえない。折角、母の残した沢山の句があるのに善し悪しが分からないときている。

しかし、句会や出品作品で、入選したものがあるのでここに紹介する。

いにしへのロマンの彩に蓮の花　渡辺卯花

宇佐八幡夏越し祭　句会入選（宇佐市長賞）

（大賀ハスは、一九五一年千葉市検見川　東京大学の厚生農場の落合遺跡で発掘された、今から二千年以上前の古代ハスの実から発芽し、開花したハスで、開花に成功した大賀一郎氏の名前から付けられた名称。宇佐八幡境内の池にも植えられている。）

母は、この大賀ハスの由来に一方ならぬ感動を抱いていたのだ。

夏鴨を得て華やげる流れかな　渡辺卯花

平成八年七月十三日　靖国神社みたま祭　献詠俳句　飯田龍太選

美しき賀状書棚に並べおく　渡辺卯花

大分合同新聞　読者文芸新年大会入選

長女典子一家との暮らし

昭和五十一年、長女典子の夫が死去する。

孫三人、十三歳、十二歳、九歳、姉典子については、彼女の子供の時から心配していただけに、田染へ帰ってくるよう勧める。

母、本人は悠々自適の暮らしをしていたが、長女の一大事にそうは言ってはいられない。

孫ふたり学校へ行く揃いの赤いランドセル　　渡辺卯花

典子一家を迎え入れて二、三年後、道路拡幅の動きがあって、典子の力大きく、自宅側が、拡幅地になった。父と二人、修繕、リフォームを繰り返した、築ほぼ百年になろうかという家である。

しかも父が新しく建てたいと念願してきたが、子供たちの進学を優先させ、遂に成しえなかった家が、漸く新築できることになったのだ。

明治時代に建てられたこの家の跡取りとして長い年月を暮らしてきた母は、この際、もっと便利で住み良い場所に移れるチャンスでもあったのだが、土地が削られ、狭くなってもどうしても同じ場所に建てることに固執した。

新築の大きな家には、玄関前に小さいながら立派な庭が造られ、鹿威《ししおど》しまで設《しつら》えられた。

庭木に、「金木犀《きんもくせい》がぜひ欲しい」とこれまでの人生で本当に倹《つま》しく暮らしてきた母英子の初めての贅沢な希望であったという。

典子一家との暮らしは、孫が育っていった十年とその後の典子との二十年余を経て、幾多の出来事もあったけれども九十二歳まで元気で人と語らったり、俳句を作ったりとゆったりと暮らしていたのだが、骨折を機に、入院。典子の病もあって、田染での二人の暮らしは、そこで終わった。

施設に入って、それでも七年後、九十九歳で最後を迎えることとなった。入籍を一年遅らせていたということで実年齢百歳という長寿であった。

亡くなったその日は、平成二十四年四月八日、釈迦の誕生日であり、多くの花々が春爛漫に咲き誇る美しい季節であった。玄関の小庭には、何年も手入れされていない植木鉢から、なぜか一輪の白いチューリップが咲いていた。

エピローグ

母の眠る墓は、小高い丘の、父萬策が見晴らしがいいと気に入っていたという共同墓地にある。

生前、母は「貧しいと、墓石を建てることができないのよ」と言って、この墓地でただ一か所、墓石なき、丸い大きな石を目印として置いただけの、墓掃除に私を連れて行ったものだが、今は「渡邊家累代墓」と父の筆になる墓が建っている。

その左隣には母の言う「大恩ある」伯母チャヤウの一人墓が建てられている。

あとがき

母が亡くなり、相続した弟が、母と長姉が暮らした、「田染の家」を壊そうというのに、待ったをかけ、俄かに贈与という形で自分名義に変えたのは、二〇二〇年の暮れだった。

それから、まだ手を付けたとは言えないままだが、実家に残されたものに目を通していると、典子姉あての手紙に、原稿用紙十枚に書かれた「祖母の話」を見つけたのだ。

母が七十五歳の時、「渡邊家のことを書こうと思う」と言うのを聞いていたが、書いていたことは知らなかった。

この度の「祖母の話」は曾祖母のことなので私が、全く知らなかった人であり、しかも内容が大変貴重な話と思ったので、是非、形にしたいと思った。

ここに書くにあたり、大半は母の作品といえる。殆ど訂正する字すらなく、明治期の詳しい記録と暮らしがみえる。

記述中に、井戸端会議的な箇所があるがそれはそれで面白いと思ったのでそのまま載せた。

「生計《たつき》の途《みち》」とは、人生そのものである。

曾祖母イツの「生計《たつき》」は、運も味方につけ、子供たちが「いのちき（生計を立てること）」ができるようにした。その娘、チャウは、母イツを扶け、嫁いだ佐藤家を扶け、弟萬策と姪英子を扶けた。そして孫英子は。

女の三代に亘る財前家に連らなる系譜とは、様々の困難を乗り越える、知恵と意思と勇気だろうか。

また、曾祖母イツが明治元年に十七歳で嫁した頃は、京都や東京（江戸）では、倒幕の機運が高まり、世は騒然としていた時代である。そのような時代であるにも拘わらず、何の関係もなく、ただ「生計《たつき》」のために、今を働かねばならなかった庶民というもの、江戸時代であろうと明治時代であろうと現代でも人は食わねば生きていけないのである。

永井荷風は、随想「仮寝の夢」で、

国家社会に対するわれわれ庶民の生活は、人の家の貸間に住むに等しい。いろいろの支障が起きても家主にとやかく言えない。悪ければ引っ越すしかない。治世の如何は臺閣の諸公の任意に依るもので、庶民の力の及ぶべきところでない。

庶民の蒙る敗戦の被害は貸間の雨漏りに似ていると思えば間違いないであろう。と。

(誰も保証してくれないということ)

戦後すぐの随想で、家を焼かれて貸間を転々とした荷風の想いである。

庶民イッは、明治、大正、昭和前期を生きた人である。私は、戦後しかも情報を知る機会にも恵まれた現代を生きている人間である。

国家社会と庶民の関係において私とイッとどれほどの違いがあるといえようか。

これを書いているとき、二〇二二年二月、ロシアがウクライナに侵攻して、人々の平和な暮らしを奪っている。

最後に、この度の本書の出版に当たりましては、ひとえに㈱文芸社出版企画部、青山泰之氏の推奨に依りましたことを心から感謝申し上げます。また、同じく同社、編成企画部須永賢氏、編集部の方にも多大なご支援、ご助力を賜りましたことをここに厚く御礼申し上げます。

更には、我社、㈲大日広告社員、中馬大さんより、表紙デザインを作成していただきましたし、山﨑悦子さん、吉田茉由さんには、今や稿を起こすには不可欠と化した、パソコンの作業トラブルの対応をはじめ、私の力で出来ない、数々の入力操作の補完の協力を頂き、心から感謝致しております。

令和四年十二月　岩下玲子

参考資料

田染小学校百年誌　田染小学校百年記念実行委員会　昭和五十年十二月
豊後の磨崖仏散歩　双林社　渡辺克己　昭和五十四年五月
此の道六十年　春陽堂　荻原井泉水　昭和五十三年五月
雲と泥　層雲社　内島北朗　昭和三十七年八月
岩波講座　日本歴史19　現代2　大正期の文化　鶴見俊輔　昭和三十八年三月
岩波講座　日本歴史16　近代3　天皇制思想の形成　武田清子　昭和三十七年三月
大分市史　中　大分市史編さん委員会　昭和六十二年十一月
暮しの手帖「私の読んだ本」感想文より（「ステンドグラス」小川一夫）　昭和五十三年　56号
短歌入門　集文館　佐々木信綱　昭和五十九年十二月
習説校沿革（ネット検索）

著者プロフィール

岩下 玲子（いわした れいこ）

1944年、大分県生まれ
立命館大学文学部史学科日本史専攻卒業
東京書籍（株）関西支社、日本陸運産業（株）第三出版、住友生命相互株式会社大分支社、(有) 大日広告役員

表紙カバーデザイン：中《チュウ》馬《マ》大《マサル》

生計《たつき》の途《みち》

2023年3月15日　初版第1刷発行

著　者　岩下 玲子
発行者　瓜谷 綱延
発行所　株式会社文芸社
　　　　〒160-0022　東京都新宿区新宿1－10－1
　　　　電話　03-5369-3060（代表）
　　　　　　　03-5369-2299（販売）

印刷所　株式会社暁印刷

ISBN978-4-286-28057-8